서울, 저녁의 가장자리에는

서울, 저녁의 가장자리에는

양태종 글·그림

윌북

어떤 이유로
혹은 아무 이유도 없이
페달을 밟던 나날들,
나의 속력에 비례해
얼굴을 때리던 바람.

책의 그림들을 보며
되살아난 내 바랜 기억들은
어느새 그림의 색을 나눠 입고
내 앞에 서 있었다.

이장혁_뮤지션

사람이 만든 것들 가운데
자전거만큼 정직하고 평화로운 게 또 있을까.
그 자전거가 작가의 그림 안에서
놀라운 마법을 부린다.
그게 언제든, 거기가 어디든, 누가 있든,
그 순간을 가장 특별하게 만든다.
힘든 이들도, 설레는 이들도,
자전거가 있는 그의 그림 안에서는
고요하고 아름답다.
그리하여 그의 그림은
지친 이들에게도, 꿈꾸는 이들에게도,
조용하고 다정한 위로와 격려를 선물한다.

양태종에겐 어둑함 속에서 빛나는 순간을 포착하는
'사려 깊은 소년의 눈'이 있다.
책상 위, 골목, 언덕, 바닷가 어디에라도
그의 그림을 두고 싶다.

강정연_동화작가

누군가 길 위에 붙여놓은
포스트잇처럼

시답잖은 약속을 핑계 삼아 혼자서 광화문 거리 여기저기를
쏘다니던 학창 시절 어느 날이었다. 횡단보도 신호를
기다리고 있던 내 앞에 반짝거리는 무언가가 빠르게
스쳐 지나갔다. 진녹색 프레임에 은색으로 빛나는 바퀴,
가죽으로 만든 안장과 핸들. 그건 당시 유행하던 비토 사의
미니벨로 자전거였다. 짧은 순간이었지만 또래 남자애가
그 자전거를 타던 모습을, 그의 흩날리던 머리칼과
전방을 바라보던 눈빛을 나는 오래 기억했다. 어쩐지 저
녀석에게는 정확한 목적지가 있을 것 같다고, 당시의 나는
생각했던 것 같다. 그날 이후, 나에게는 자전거 타는 사람이
되겠다는 이상한 목표가 생겼다.
시간이 흘러 나는 한 여자의 남편이자 한 아이의 아버지가
됐다. 우리 집 베란다에는 세 사람의 자전거가 사이좋게

놓여 있다. 광화문에서 동경 어린 눈으로 자전거를 바라보던
그때부터 지금까지 여러 일들이 있었다. 아내와 한창 연애하던
시절에는 커플 자전거를 타고 강변을 달리기도 했고, 자전거 두
대를 나란히 싣고 신혼여행을 다녀오기도 했다. 딸이 태어난
뒤로는 아이에게 딱 맞는 세발자전거를 사주며 아이의 첫
자전거 운전을 카메라 속에 담았다. 나중에는 아내와 내가
딸의 자전거를 앞뒤로 잡고 아이에게 두발자전거 타는 법을
가르치기도 했다.

그 시간들을 그림으로 담아보았다. 거창한 의미 같은 것은 없다.
그저 자전거를 타고 동네 한 바퀴를 도는 심정으로 자전거와
함께한 나의 삶을 이야기하려 했을 뿐이다.

길거리에서 문득 자전거를 타고 당신 앞을 지나는 어떤 이를
본다면, 이 책을 떠올렸으면 좋겠다. 지나간 시간 속, 당신이
지나쳤을 일상의 길 위에 누군가 붙여놓은, 가볍지만 특별한
그림이 그려진 포스트잇 같은 책이 되었으면 한다.

부족한 작업을 믿고 덤덤히 기다려준 나의 가족, 성미영, 양주아,
그리고 윌북과 그라폴리오 담당자분들에게 감사를 전한다.

양태종

차례

3。 모르게 지나가는 것들

4。 기억 저편의 두 바퀴

결국 우리들의 은밀한 궤적을 만들어내고야 마는,

다양한 원 속의 삶들.

1。

그저 그런　하루가 지나가네

레디메이드
―― 인생

○

면접을 보고 돌아오던 길에 P는 잠깐 앉아서 쉬기로 했다.
오늘따라 강변은 유난히 밝았다.
"자네 헤어스타일은 왜 그런가?" 같은 질문을 던져대는
면접관에게 P는 뭐라 대답하지 못했다.

강 너머 수많은 불빛들을 바라보다,
P는 생각에 잠겼다.
저 많은 불빛들 중에 내 것도 있겠지.
다리 위 조명들이 P의 작은 희망처럼 빛나고 있었다.
하지만 P에게는 아직 잡을 수 없을 만큼 멀리 있기도 했다.

밤이
———— 흘러간다

○

혼자 밤길을 달리는 남자의 등 위로,
노랗고 따뜻한 가로등이
때때로 시선을 던져주었다.

혼자만의
——— 강

○

고맙다.
차갑고 메마른 도시라지만,
강변 곁에는
두 바퀴를 굴릴 수 있는 길을 만들어주어서.

빛의
———— 항로

○

밤의 강에 별들이 피었다.
나는 운석처럼
별빛 가득한 길을 가로지른다.

평범한
────── 하루가
　　　　지나가네

　　　　　　○

　　　　서울,
　　　　저녁 무렵.

양화
———— 대교

○

찬바람이 솜털 같은 공기에 스미는 계절이 됐다.
지난 계절 저 다리 위에 사람이 올랐다.
어떤 가수의 유행가가 많이 들리기도 했으며,
슬리퍼를 신은 채 스쿠터를 타고 가던 학생들이
단속에 걸리기도 했다.
맞은편 발전소의 정체 모를 하얀 연기는
멈출 줄 모르고 피어올랐고,
사람들은 그 솜사탕 같은 연기를 보며 출퇴근을 했다.
나도 이 다리 위를 건넌다.
다리 위에서 벌어지는 특별하지 않은 비밀들을 가득 품은 채,
어쩐지 익숙한 그 유행가를 흥얼거리면서.

정체 ─────

○

차창 프레임에 담긴 도로 풍경은
도통 움직이지 않고,
라디오에선 익숙한 팝송이
흘러나오는 그런 저녁.
자전거 탄 여자가
그의 차를 유유히 앞질러 갔다.
그는 한동안 멍한 표정으로
자전거 탄 여자의
여유로운 뒷모습을 바라보았다.
그녀의 자전거는 어디로 갔을까?
다리 위는 여전히 정체되어 있었고,
도로 위의 차들은 붉은 미등을 깜빡거렸다.

퇴근길에
——— 내리는
소리

○

퇴근길,
나의 마음은 잔잔한 강물처럼 고요하다.
사람들은 저마다 몰래
오늘을 버틴 한숨들을
열차 아래 강물 속으로 던진다.

오후의

───── 틈

○

딱 그 시간, 그 거리의
틈 사이로.

여름
───── 낡다

○

한적한 여름밤, 낚시꾼 하나가 한강 둔치에 자리를 잡는다.
다리 아래 떠 있는 불빛이라도 하나 잡았으면 좋으련만,
그의 낚싯줄은 좀처럼 흔들리지 않는다.

빛의

──── 수평선

○

차가운 도시의 콘크리트 아래에도,
따스하게 주어진 수평적 삶.
그 길의 가운데서
나는 한없이 부드럽게 흐르네.

콘크리트
밤 ———

○

밤의 콘크리트는 부드러웠고,
바퀴는 낯선 풍경 속으로 나를 데리고 가네.

저녁의 ——
가장자리

○

도시의 그물에 걸린 차들의 속력이 느리다.
붉은 후미등이 물고기의 눈동자처럼 깜빡이는 저녁,
다행히 나는 그물 속에 들어 있지 않다.

저녁의 가장자리,
나는 힘겹게 그물을 뚫고 나가려는
우리들의 일상을 애써 외면하며,
빵빵거리는 경적 소리를 지나쳐
가까스로 도시의 그물을 빠져나온다.

밤을 ―――
가르네

○

우리는 이 밤을 가르네.
이 도시의 가장 비싼 야경 위를 달리네.

모두
외로운 ──── 사람들

○

신호 대기 중인 차들 사이로
내 작은 후미등 궤적이 남았다.
사람들의 하루,
그 무수한 순간 속 아주 잠깐의 시간,
나는 반딧불처럼 날아간 것이다.
하지만 그건 우리들 외로운 마음속에
어떤 동요도 남기지 못하리라.

─── 야행

○

따뜻하게 부풀어 오른 비닐봉지를 들고
집으로 가는 길,
빨리 달리면 바람에 야식이 식을까 싶어,
천천히 페달을 밟는 조심스러운 밤.

밤
—— 비

○

새벽 몰래 내리는
밤비.

전령 ———

○

눈 내리기 직전의 밤을 달리는 남자.
전령처럼 서둘러 다리를 건너지만,
반드시 전해야 할 이야기 따위는 없다.

내일 아침이면 나누지 못한 그의 이야기들이
눈이 되어 내릴지 모른다.

야간
———— 비행

○

비가 그친 하루의 끝,
나만 아는 비밀의 활주로를 낮게 달리는 밤.

☾ 커피를
잘 배달하는
몇 가지 방법

매주 아침마다 그는 자전거를 타고 커피를 배달했다.
그의 가게에서는 원래 배달은 하지 않지만,
새로 생긴 꽃집 그녀에게만은 예외였다.
트레이를 한 손에 든 채로 자전거를 타는 것이
점차 익숙해져서 이제는 제법 여유롭게 페달을 밟았다.
혹시나 당신이 좋아하는 사람을 위해
자전거로 커피를 배달할 일이 생긴다면,
그가 몇 가지 특별하지 않은 노하우를
알려줄 수 있을 것이다.

첫째, 빨리 가지 않을 것.
둘째, 코너를 도는 쪽으로 핸들을 잡을 것.
셋째, 안장을 적당한 위치로 낮춰서,
허리를 최대한 펴고, 지면과 컵의 평행을 유지할 것.

2.

하루의　이름들

————— AM:07:00

○

같은 시간,
같은 자리에서
몇 번의 신호를 흘려보내는 일.

푸른 ———
새벽

○

새벽,
소월길은 푸르다.

아침
———— 너머

○

이 코너만 돌면
단단한 길이 나올 것 같아
속도를 내보지만,
코너를 돌고 돌아도
어쩐지 비슷한 풍경뿐이다.

도시
────── 연못

○

정체된 아침의 도시는 거대한 연못 같다.
무성한 수초처럼 길게 뻗어 있는 빌딩과
시름시름 앓는 물고기처럼 고여 있는 자동차들.
그 사이를 이리저리 헤엄치는 나는
작은 치어가 된 것만 같다.

출근길
──── 광역
　　　버스

○

출근길 광역버스의
단순하고 분명한 노선은,
그녀의 삶에 남겨진
단 하나의 궤도 같았다.
그녀는 버스 유리창 너머
자유롭게 달리고 있는 자전거를
부러운 눈빛으로 바라보았다.

수상한
─── 균형들

○

오전 일곱 시 반.
도시가 만들어놓은
수상한 균형들 사이로
나는 그렇게 휘익- 지나간다.

뚝섬의
———— 눈

○

나란히 뻗은 곡선의 다리의 틈은 마치 커다란 눈꺼풀 같다.
지긋이 그 틈을 바라보다, 나도 내 눈을 깜빡여본다.
그 깜박임 사이,
풍경이 슬라이드처럼 금세 흘러갈 것 같은데,
무엇 하나 바뀌는 것이 없다.
그저 단조롭고 재미없는 아파트 레터링만이
그냥저냥 머물러 있을 뿐이다.

오후의
——— 방향

○

모두의 삶에는 각자의 방향이 있다.
강과 도로에도,
철교를 달리는 열차에도,
그리고 무심코 페달을 밟는 그대에게도.

하루의
—— 이름들

○

신용카드를 배달하는 김 씨,
오늘의 마지막 배달.
누군가의 저녁에 불쑥 초인종을 누르고
생소한 이름을 받아 적고 나서야,
하루를 마무리할 수 있었다.

그는 잠시 생각했다.
나의 하루는 다른 이들의 이름들로
무겁게 채워져 있다고.

은하
철도 ———

○

하루를 견뎌낸 사람들을 태운 열차가
오늘도 내 머리 위를 스쳐간다.

잠수교
——— 청춘

○

붉은 노을이
가슴까지
번져오면.

울면서
—— 달리기

○

이건 내 잘못이다.
오늘 같은 날 자전거를 탄다는 것.

모두에게 아름다운 밤이었고,
나는 외로웠다.

어쩌다
─── 휴일

○

좋은 날씨,
어쩌다 얻어걸린 휴일,
나는 자전거를 타고 나선다.
옛 궁궐의 담장 위로 봄볕이 아른거린다.

여전히
——— 겨울

○

너 없이 맞는 첫 번째 봄.
나는 아직도 겨울에 있어.

사월
언덕 ─────

○

사월 해질녘을 넘어갈 때
우리의 움직임은 어쩐지 조용해진다.

사라진 나의 봄에게

사라진
계절 ———

○

미세먼지라는 모호하고 걱정스런 용어가
도시를 메우기 시작했다.
모이고 모여, 짙어지면서
모두의 근심거리가 되더니,
그렇게 나의 계절을 가져가 버렸다.

───── 열대야

○

한참을 뒤척거리다가 강변으로 나가본다.
강물 위로 일렁이는 불빛들이 내 습한 고민들 같다.
그렇게 여름밤은 내게 알 수 없는 시간만을 선물해주며,
그만 집에 돌아가라 말하는 듯하다.

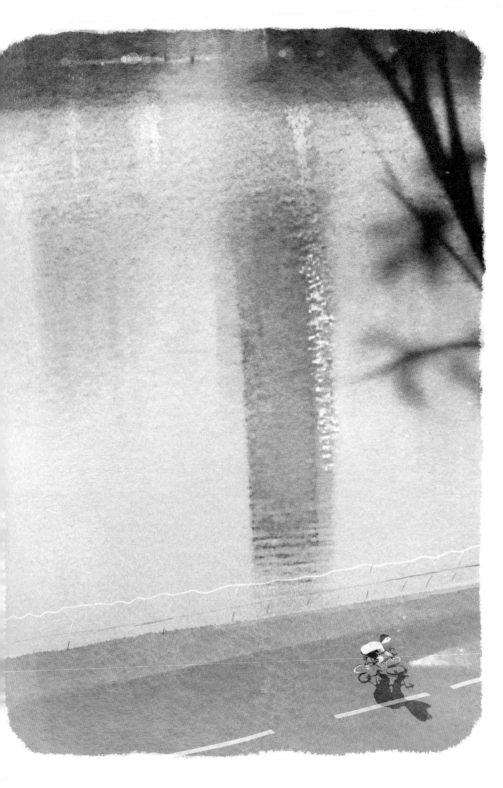

여름날 ―――――

○

늦은 오후, 자전거를 끌고 나선다.
저녁이면 햇볕이 더 짙어지는지
한낮보다도 무더운 것 같다.
잠깐 숨을 내쉬며 바라본 해질녘 하늘에는
한여름의 능글맞은 더위가 가득하다.

계절
학기 ————

○

그 여름.

마음에 드는 거라곤 아무것도 없었다.

푸른 하늘이 보이는 양화대교를 건너는 것은 괜찮았지만.

영하 ————

○

지친 하루를 삼킨 듯 고개 숙인 사람들이
저마다의 목적지로 향하고 있다.
나도, 사람들도 말없이 모두 봄을 기다리는데
차가운 계절은 좀처럼 말이 없다.

봄의
——— 나들목

○

한참을 헤메다,
번잡한 시내와 한적한 강변을 잇는
비밀 통로를 찾았다.
그 단순한 연결을 지나니,
내 앞에 봄이 놓여 있었다.

HANGANG PARK 한강공원

서래섬나들목

☾ 자전거 가게
'여행자들'

'여행자들'. 그건 어느 무명의 작은 도시에 있는 자전거 가게 이름이었다. 가게 주인 Y는 제법 큰 디자인 회사를 다니다 직장 생활을 그만두고, 주변의 만류에도 작은 가게를 차렸다. 자전거 가게 이름 치고는 어쩐지 조금 애매했지만 꼼꼼하고 성실한 그의 수완 덕에 몇 년이 지난 지금은 그 거리에 꽤나 익숙한 풍경으로 자리를 잡았다.
한때 자전거가 유행처럼 번지던 시기를 지나자 가게를 찾는 사람들은 줄었지만 오히려 단골손님들은 조금씩 늘어났다. 그리고 가게 주인과 자전거, 그리고 자전거를 타는 사람들만의 특별하지 않은 비밀들이 오랫동안 켜켜이 쌓여갔다.

수다스런 학생들, 자전거를 개조한 리어카로 생계를 유지하는 노인들, 취미를 공유하며 일말의 감정을 조금이라도 더 연장하려는 연인들, 선거 때마다 기웃거리던 이름 모를 정치인, 자전거를 타고 어디든 떠나려는 모험가, 가족들 몰래 모아둔 비상금으로 고가의

자전거를 사러 오는 아빠들, 또 그런 아빠의 성화에 억지로 두 바퀴에
몸을 맡겨야 하는 아이들까지.

가게 주인은 그들을 모두 여행자들이라고 생각했다. 심야 식당처럼
그의 가게는 늦게까지 불이 켜져 있었고, 가게에 오는 사람들의
많은 이야기들이 그의 정비 일지에 차곡차곡 기록되었다. 나는 그의
가게에 드나드는 '여행자들' 중 그림을 그리는 사람이었다. Y는 아직
한 번도 내 그림을 보지 못했는데, 언젠가 그가 나의 그림을 본다면
어쩌면 그의 정비 일지와 꽤 비슷하다 생각할지도 모르겠다.

3。

모르게 지나가는 것들

데이트

———

○

서울.

삼청동.

부영 도가니탕(?)

———— 언덕에서

○

언덕을 다 올라서야,
두 사람은 서로의 얼굴을 바라보았다.
저녁노을 때문이었을까.
무거운 자전거를 끌며 언덕을 오르느라
숨이 차서 그랬을까.
둘의 얼굴은 붉게 물들어 있었다.

의도된
계절 ——

○

그 계절에, 서울의 그 많은 길 중에서,
어떻게 같은 다리를 같은 시간에 오르게 되었을까.
요즘 어쩐지 자주 마주치는 듯한 두 사람이다.

고백의
———— 타이밍

○

"뭐라고? 열차 소리 때문에 하나도 안 들려."
"아무것도 아니야."

—— 바래다주다

○

한참을 걸어 누군가를 바래다주었다.
이층에 불이 켜지는 걸 보고 나서야
발걸음을 돌린다.

밤공기가 가로등 불빛 안에서 반짝거리며 춤을 춘다.

알게 된
────── 사실

○

여자는 문득 깨달았다.
언제나 같은 자리에 있는
남자의 연주 실력이
나날이 늘고 있다는 사실을.

도시
───── 연주자

○

래칫 소리가 거대한 콘크리트 기둥 사이에서
오르간처럼 울릴 때,
도시의 음표 하나가 빌딩 숲 위로 떠오른다.

기회 ————

○

잡을까 말까 망설이다가
어느새 사라져버리는 것.

─── 상춘객

○

자전거를 타고
목련 잎 떨어지던 길을 달리던 상춘객은
더 이상 보이지 않는다.

─── 와이키키

°

미풍이 불어오는 와이키키 해변 어딘가를
자전거를 타고 달리는 꿈을 꿨다.
꿈을 깨자
탁하고 추운 1월의 어느 날이었다.

—— 여름휴가

○

자동차 대신 자전거,
튜브 대신 서핑 보드.
그리고 힘이 들면 어느 때고 멈추기로 한다.

버들
——— 바람

○

버들이 바람에 스치는,
딱 그만큼의 빠르기로 달리는 강변.
그 고즈넉한 강변의 품에서
나는 그렇게 가벼워져 가네.

———— 서른

삼십

○

그만 내려갈까, 하다가도

문득 지나온 길을 돌아보니

그게 그렇게 아쉬울 수가 없어

이러지도 저러지도 못하는 어정쩡한 나의 모습.

어쨌든 남은 길을 꾸역꾸역 올라가 보기로 한다.

두
바퀴 ——
　　레코드

○

흙길의 바닥과 얇은 바퀴가 맞닿아 구르자
마치 오래된 레코드에서 들릴 법한 지글거리는 소리가 났고,
둘은 레코드플레이어의 카트리지 바늘이라도 된 것처럼
그 빛나는 계절을 플레이한다.

길에 솟은 작은 돌을 피하느라 레코드 위 바늘이
아니, 둘의 자전거가 잠시 튀었지만,
이내 자리를 잡고 다시 천천히 나아갔다.

여름의 ―――
평행선

○

언덕 너머에 바다가 펼쳐져 있다는 것을 여자는 안다.
그러나 속도를 내지는 않는다.
바다보다 중요한 것은
그와 함께 달리는 일이므로.

둘은 그렇게 평행선을 달렸다.

모르게
——— 지나가는
　　　것들

○

아무도 모르게 지나가는 것들이 있다.
머리 위로 지나가는 새들이라던가,
철교 위 사람들의 한숨들,
그리고 지난 계절에 내가 세워놓았던 계획 같은 것들.

다시, 그런 것들을 무심히 보내고 겨울을 준비한다.

아침
——— 부암동

○

부암동 언덕을 오르며 남자는 생각했다.
이 동네는 원래 사람이 없는 것일까?
혹시
내가 일부러 이런 곳만 찾아다니는 건가?

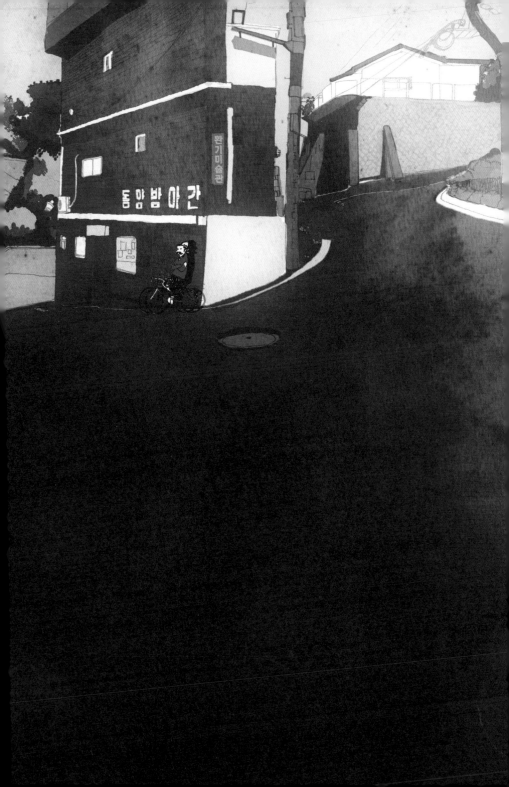

하루키식
달리기 ———

○

삼청동을 달릴 때마다 남자는 생각했다.
낮은 한옥들 사이에 우뚝 솟은 80년대 적색 건물,
'코리아 다이어트 센터'에는 도대체 어떤 사람들이 있을까?

남자는 자전거를 타고 있는 자신도 저 구닥다리 건물처럼
이 거리, 이 사람들과 어울리지 않을지도 모른다는 생각에
황급히 페달을 돌렸다.

딜레마 ─────

○

다이어트를 위해 타기 시작한 자전거인데,
그는 오히려 몸무게가 늘었다.
자전거를 타고 신나게 달린 후에는
맥주와 치킨의 유혹을 떨치기 어려웠다.
문 앞에는 오늘도 마침 배달 전단지가 붙어 있다.

다섯
시의 ─── 춤들

○

다섯 시가 되면
모두가 바람의 리듬에 맞춰 춤을 춰야 한다.

(맞은편의
시간

또 하루를 버텨낸 책상 위 가습기의 물이 보충선 아래까지 비워져
있다. '이제 퇴근해야 하는데' 하면서도 이 대리는 멍하니 자리에 앉아
있었다.

콩나물시루 같은 지하철을 탈 생각을 하니 피곤했고, 하루 종일
비워둔 차갑게 식은 방바닥을 딛는 일도 싫었다.

이 대리 직장 맞은편에는 자전거 가게가 있었다. 이 대리는 처음
가게가 생길 무렵, 간판에 적힌 '여행자들'이란 상호만 보고
여행사인가 생각했다가, 자전거들이 하나씩 진열되는 걸 보고서야
그곳이 자전거 가게인 것을 알게 되었다.

가끔 창밖으로 내다보이는 '여행자들'은 한결같았다. 이른 시간 문을
열고, 늦게까지 가게 불이 켜져 있었다. 그런 '여행자들'의 시간은 이
대리의 하루 일과와도 비슷했다. 이 대리가 출근할 때쯤 '여행자들'도

문을 열었고, 가끔 멍하니 창밖을 내다볼 때면 가게 주인 Y도 잠시
쉬며 담배를 피우고 있었다. 다른 게 있다면, '여행자들'에 드나드는
사람들은 조금씩 늘어났고, 이 대리의 직장에 출근하는 사람들은
조금씩 줄어들었다는 것. 또 '여행자들' 손님들의 얼굴에는 알 수 없는
미소가 피어났지만, 이 대리의 직장 동료들의 얼굴에선 점차 표정이
사라져갔다는 것.

"네, 알겠어요. 퇴근 잘하고 내일 봐요."

이 대리의 상사에게선 뒤늦게 답이 왔다. 이 대리는 한참 동안
상사의 메시지를 들여다보았다. 자신만의 시간에 무언가 다른 것이
필요하다는 생각이 들었다. 창밖 맞은편 '여행자들'에서 여행용
자전거를 끌고 나오는 한 여자가 보였다. 멀리서 여자의 설렘이
전해져 왔다. 환한 미소를 머금은 채 여자가 오후의 햇빛 속으로
사라지자, 이 대리는 여자가 나온 자전거 가게를 바라보았다.
그러고는 알 수 없는 호기심에 휩싸였다. 내가 있는 곳에서 한 걸음
벗어나 보는 건 어떨까? 그렇게 그는 관심조차 두지 않았던 맞은편
자전거 가게 '여행자들'의 시간이 몹시 궁금해졌다.

4.

기억 저편의   두
                바
                퀴

언제나
—— 그
길은

○

아버지에게서 처음으로
균형을 배우던 그 길.

알 수 없는 날들의 크기를
저울질하며 달리던 그때, 그 길.

빛나던 삶의 한 부분을 나누며
나란히 달리던 그 길.

이제는 아들과 함께
다시 달리는 그 길.

첫걸음 ———

○

"천천히 가렴."
아이가 처음으로 두 바퀴 위에서 균형을 잡았을 때
아빠는 왠지 조금 슬퍼졌다.
이제 품을 떠나 점점 자라날 아이의 모습이
문득 보여서였을까.
거친 세상, 넘어지지 않으려 위태위태 나아가야 할
생에 대한 걱정 때문이었을까.

성장의
─── 크기

○

그림자가 둘로 나뉘었다가
다시 하나로 합쳐지는 것이 재미있었는지,
둘은 한참을 그렇게 나란히 달렸다.
네 개의 바퀴가 셋이 되었다가 둘이 되었다가 했다.

대추격

○

어쩐지 얄미운 녀석들을 향해
맹렬하게 페달을 밟던
어느 유년의 오후.

타인의
—— 취향

○

사마귀
무당벌레
꿀벌

어떤 아빠는
유독 힘들었다고 한다.

수평을
─── 이해하기까지

○

아빠는 30분째 저 작은 안장 각도에 집중하고 있다.
안장의 수평은 무엇보다 중요하다면서.
여섯 살 딸에게는 너무 어려운 세계였다.

가족의 ──
숲

○

나무를 흔드는 바람 속에서
우리는 서로를 의지하며 페달을 밟네.
서로가 딱 나무 사이만큼의 간격을 가지고,
어떤 모진 바람에도 휘청이지 않는
우리는 작은 숲.

하늘을 ——— 달리는 자전거

○

우리 가족 자전거가 하늘을 난다.

바다와
——— 마주치다

○

할 말이 있는 듯 보이는 아이들의 시선에
당황한 남자를 대신해,
부드러운 해풍이 무언가 말해주었다.

우정의 ―――――
공식

○

"셋이서 탈 수 있는 자전거는 없나요?"
"얘가 우리 빨간모자 클럽에 새로 들어왔거든요."
"있기는 한데 추천해주고 싶지 않구나,
 셋의 우정은 언제나 불안한 법이거든."

믿지
———— 못하겠지만

○

아이들은 생각했다.
그들의 부족한 어휘로는,
오늘 밤 어른들을 설득하기엔 역부족이라는 걸…….

삼촌은 ————

○

"삼촌 자전거 잘 타요?"

"응."

"삼촌 자전거 선수예요?"

"아니."

"삼촌 자전거는 비싼 거예요?"

"응."

"삼촌 백수가 뭐하는 거예요?"

"응?"

"아빠가 삼촌은 백수라고 했어요."

"……."

동네
——— 형

○

"우아, 저 형 좀 봐."

경사로 앞에 서자 몹시 초조해졌다.
동네 꼬마들의 기대 가득한 눈빛들이
언제 조롱의 눈초리로 바뀔지 몰랐다.
자전거를 가뿐히 들었다가 멋지게 착지해야 했다.
최대한 멋지게.

☾ 꿈의
대화

소년의 꿈은 하늘을 나는 것이었다. 소년은 비행사가 되고 싶었다.
그러려면 먼저 어른이 되어야 했다. 하지만 소년, 소녀 들의 시간은
더디게 흘러가기 마련이었다.

소년은 '여행자들'의 오래된 단골이었다. 그날은 자전거에 문제가
생겨 '여행자들'을 찾았던 어느 오후였다. Y와 이런저런 이야기를
나누다 소년은 저도 모르게 자신의 꿈에 대해 Y에게 일장연설을
늘어놓았다.

"이 자전거로는 어떨까?"

이야기를 듣던 중 Y가 자전거 한 대를 건네며 소년에게 물었다.
오래됐지만 공들여 관리한 것처럼 보이는 경주용 자전거였다. 의아한
소년에게 Y가 말했다.
"네 꿈 말이야. 지금은 좀 엉성하고 부품이 빠져 있는 것 같아."

"알아요. 공부 열심히 해서 좋은 대학이나 가라는 거죠?"
"음, 아니 그거랑은 다른데, 어떻게 설명해야 하지…… 내가 네
나이였을 때, 나는 자전거를 정비하는 가게의 주인이 되고 싶었어.
하지만 그때는 무슨 일을 해야 꿈에 다가갈 수 있을지 감이 잡히지
않았지. 그래서 생각한 게 경주용 자전거를 나 혼자 조립해보는
거였어. 그 결과가 이거야."
Y는 자전거 핸들 위로 굳은살이 박인 손을 얹었다.
"이걸 타고 언덕을 달려봐. 하늘을 나는 것 같을 거야."

비행장이 멀리 보이는 언덕을 올라가는 데는 제법 힘이 들었다.
안장에서 일어선 채 일정한 속도로 페달을 밟아야 했고 그에 맞는
기어를 적절히 선택해야 했다. 오르막 내내 힘이 들어 Y가 한 말을
생각할 겨를도 없었다. 멀리서 비행기의 굉음이 가까워져 올 때쯤
소년은 언덕을 내려왔다.

내리막길에선 시원한 바람이 불었다. 경주용 자전거의 가느다란
바퀴는 부드럽게 지면을 미끄러져 내려갔다. 편안한 자세로 자전거에
몸을 기울인 채 달리자 기분이 상쾌했다. 주변 풍경이 시야를 빠르게
스쳐가는 동안 귓가에 스치는 바람은 여러 겹의 음을 만들어냈다.

소년은 생각했다.
Y의 자전거는 비행기와 비슷하다고.

자전거 바퀴가 빠르게 굴러갈수록,
소년은 조금 더 어른에 가까워지는 기분이었다.

5。
오래된 미래

단역3:

—— 자전거를 타고
지나가는 사람

○

자전거를 탄 그가 모습을 드러냈다.
어느 영화의 도입부로 쓰일 장면에서
그는 '단역3: 자전거를 타고 지나가는 사람' 역이었다.
건물들의 사이를 지날 때만 잠깐씩 그의 모습이 비춰졌다.
혹시나 하는 마음에
등장하는 영화와는 상관없는 대본도 연습해보고
유명한 희극의 독백도 읊조려 봤지만
그런 열망과 기대와는 별개로
촬영장에선 그저 묵묵히 자전거 페달만 굴려야 했다.
준비된 장면인 양 새들이 무심히 날아갔고,
카메라가 천천히 움직일 때
어느새 건물들에 가려
그는 더 이상 등장하지 않았다.

나의
──── 하루는

○

쌀쌀해진 날씨에 혼자 바라보는
나의 친구,
나의 밤.

노부부

———

○

자전거를 탄 젊은 남자가 노부부 앞을 빠르게 지나쳐 갔다.
노부부는 그를 바라보며 희미한 미소를 지었다.
잠깐이나마 그들의 젊은 날들이 떠올라서였을까?
아니면 지금은 볼 수 없을,
그들의 지나간 청춘의 한 페이지를 추억해서였을까?

이내 그는 그만의 생의 어느 한 모퉁이를 돌아
부부의 시야에서 사라졌고,
노부부의 등 뒤로는
억겁의 그림자가 드리웠다.

늙은
—— 개

○

한때 자전거를 타고 출퇴근하던 동료들로 붐볐던
조선소 길엔 이젠 김 씨 혼자다.
하나둘씩 일자리를 찾아 떠난 그 황망한 풍경 뒤로,
움직이지 않는 크레인 추만이
그 어느 때보다도 무겁게 매달려 있다.
그의 자전거 뒤로 늙은 개 한 마리가 터덜터덜 따라왔다.

——— 노인

○

소나기가 쏟아졌다.
자전거를 끌고 가던 노인은
잠시 터널로 들어가 비를 피했다.
거친 빗줄기가 만들어낸 소음이
어쩐지 아늑하게 느껴졌다.

가볍고
무거운
───── 하루

가볍게 떠오르는 샛별들,
무겁게 가라앉는 오늘의 근심들.

개와
주인의
———— 비밀

○

이 작은 창고 셔터를 올릴 때마다
주인은 행복해했다.
가끔은 내게 행복한 비밀을 품은
묘한 눈빛을 보내기도 했는데,
나로서는 도통 이해하기 힘든 어떤 것이었다.

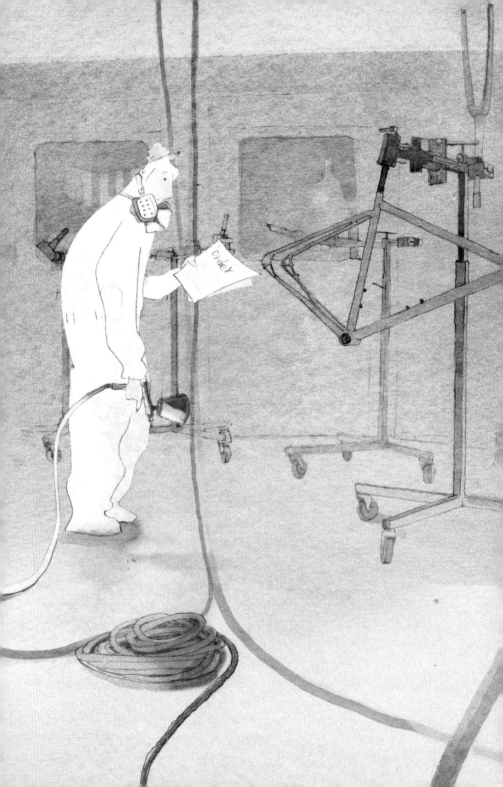

어 려 운
────── 주 문

○

페인팅 주문이 들어왔다.
"우주를 떠도는 별빛 같은 색으로 해주세요."
남자는 한동안 멍하니 주문서만 쳐다봤다.

오래된
─── 미래

○

새벽녘 골목 사이로 자전거를 타고
집집마다 신문을 던져 넣던
신문 배달부.
동이 트면 수고스럽게
그 종이 뭉치를 집어 들던 사람들.

시간이 흘러 사람들이 더 이상
신문을 직접 받아보지 않아도 될 만큼
모든 정보들이 빠르고 간편하게 전달되는
세상이 되었다.
새벽 거리를 두 바퀴로 내달리던
그때, 그 신문 배달부를 떠올려 본다.

프루스트

——— 현상

○

계절에도 냄새가 있다면
그것만으로 그날들을 기억할 수 있을까?
시간이 흐르면 모든 것이 희미해진다.

창문을 열면
계절의 냄새가 바람에 실려 오지만,
내가 그 속에서 찾아내는 것은
결국 당신의 흔적들.

숨과

─── 숲

○

달리다 멈추어 보니
온전히 내 것이 되어 있는 밤.
자전거를 멈추고 숲을 부르는 시간.

───── 지난해의

거리

○

올해는 안녕.

새해에는 꼭 만날 수 있을 거야.

─── 물고기

○

페달을 구르는 그의 두 발은
물살을 가르는 지느러미 같았고,
지면을 미끄러지는 두 바퀴는
빛나는 비늘 같았다.
그는 자신의 목덜미에
아가미가 돋는 상상을 해본다.

증기의
────── 도시

○

이 겨울,
거리의 번잡함이 만들어낸
따뜻한 증기가
나의 도시를 채우네.

낭만과
———— 현실

○

어째서 백사장에서
자전거를 탈 수 있다고 생각했을까?
기어이 페달을 밟다가 모래 위에 처박히고 나서야
불가능한 일이라는 것을 인정한다.

여행자들 ————

○

어느 순간 남자는 차를 멈췄다.

연료를 채워야 했고,

그러기 위해 얼마의 돈을 지불해야 했기 때문이다.

☾ Y 그리고
그녀의 화분

여자가 문을 열자 고양이 한 마리가 어딘가에서 나타나 살그머니 고개를 내밀었다. 녀석은 용케도 선반을 건드리지 않으며 Y의 작업실 여기저기를 쏘다녔다. Y의 선반은 그의 성격만큼이나 꼼꼼하게 정리되어 있었다. 그녀는 선반 위에 가지런히 놓인 정비 도구들을 바라보았다. 그녀는 자전거 여행을 준비하고 있었다. 몇 년간 다니던 직장을 퇴사하자 여행이 떠나고 싶어졌다. 혼자서 낯선 곳에 가고 싶었다. 낯선 곳에 혼자 있을 때만 느낄 수 있는 설렘과 흥분, 두려움을 느껴보고 싶었다. 그리고 그 바람은 자전거 일주라는 형태로 차근차근 계획되어갔다.

그녀와 '여행자들'의 인연은 그러니까 세 달 전, 여행에 관한 정보를 찾아보다 '여행자들'이라는 블로그에 방문하게 되면서 시작되었다. 포털사이트에 '자전거'와 '여행'을 검색하던 그녀는 자연스럽게 Y가 운영하는 블로그에 방문하게 됐고, '정비 문의' 게시판에 "자전거로 여행을 떠나려고 하는데, 아는 것이 하나도 없어요. 도와주세요"라는

글을 남겼다. 그 글에 Y가 장문의 글로 답을 해주었다. 며칠 뒤 그녀가
'여행자들'을 찾아갔다. Y는 많은 이야기를 해주었다. 그녀에게
적합한 자전거의 종류와 크기부터, 장거리 주행에 유용한 정보들,
자전거에 짐을 효율적으로 싣는 방법, 비상시에 필요할 간단한 정비
방법까지. 덕분에 그녀는 여행을 시작하기 전부터 Y의 이야기를
들으면서 하루하루 여행에 대한 설레는 마음을 키울 수 있었다.
Y는 그녀의 여행에 대해 흔히 물어볼 법한 개인적인 질문들은 하지
않았다. '두렵진 않나요?' '왜 자전거 여행을 하려는 건가요?' '같이
가는 사람은 있나요?' 따위의 질문들 말이다. 또한 그것을 소재 삼아
허세를 부리는 법도 없었다.

오늘 그녀는 여행을 떠나기 전 마지막으로 여행자들을 방문했다.
그리고 Y를 위해 준비한 화분 하나를 조용히 작업실 앞에 올려놓았다.

별다른 기약도 없이 담백한 인사만을 남기고 그녀는 '여행자들'의
문을 나섰고, Y도 아무 일 없다는 듯 다시금 하던 일에 열중했다.

그러나 Y의 고양이는 알았다. 그녀가 두고 간 화분 하나가 Y의
작업실에 제법 색다른 공기를 만들어낸다는 것을.

6。

극장전

일 포스티노
——— Il Postino, 1994

○

"전 사랑에 빠졌어요."
"그건 심각한 병이 아니야. 치료 약이 있으니까."
"치료 약은 없어요. 치료되고 싶지 않아요.
 계속 아프고 싶어요.
 전 사랑에 빠졌어요."

러브레터

———— Love Letter, 1995

○

기억의 기억,

잃어버린 시간을 찾아서.

인생은 아름다워

———— Life Is Beautiful, 1997

○

제가 당신을 얼마나 사랑하는지
당신은 상상도 못할 거예요.
당신과 사랑을 하고 싶습니다.

단 한 번이 아니고,
끝없이,
영원히.

냉정과 열정 사이

————— Between Calm And Passion, 2001

○

1994年의 준세이.

북경 자전거
————— Beijing Bicycle, 2001

○

"자전거를 꼭 찾을 거야. 그게 내 전부니까."

더 리더: 책 읽어주는 남자

————— The Reader, 2008

○

한나와 마이클의 처음이자 마지막이었던 여행.
누군가에게는 열병 같은 사랑이었고,
누군가에게는 고단한 삶이었던.

와즈다
──────── Wadjda, 2012

○

"왜 여자는 자전거를 탈 수 없나요?"

와즈다의 초록 자전거가 힘차게 달리자,
바람에 검은 히잡이 날아간다.

기묘한 이야기

—— Stranger Things, 2016

○

"윌 바이어스가 없어졌어."

"우리가 찾아야 해!"

"윌은 어딘가에 살아 있거든."

양태종

평범한 이야기들이 나무 그늘 사이에서 쉬고 있을 듯한 여름밤을 좋아합니다.
여름밤의 도시 여기저기 스며든 불빛들을 좋아합니다.
그런 불빛들이 조용히 눈을 감는 알싸한 새벽도 좋아합니다.
자전거에 빠져 서울의 가장자리를 맴돌다,
하루에 하나씩 보고 느낀 풍경들을 그리기 시작했습니다.
그 이야기들이 하나둘 쌓이며 도시 속 태엽장치 같은 우리의 모습이 되었습니다.

대학에서 애니메이션을 공부했고, 문구를 디자인하고, 일러스트를 그리고, 책을 만듭니다.
『서울, 저녁의 가장자리에는』은 네이버 그라폴리오에서 연재한 글과 그림을 엮은 첫 책입니다.

www.grafolio.com/yangtaetae

서울, 저녁의 가장자리에는

펴낸날 초판 1쇄 2019년 5월 30일
지은이 양태종
펴낸이 이주애, 홍영완
편집 양혜영, 장서원, 장종철, 김송은
마케팅 김진겸, 김가람
디자인 박아형, 김주연
펴낸곳 (주)윌북
출판등록 제2006-000017호
주소 10881 경기도 파주시 회동길 209
전자우편 willbook@naver.com
전화 031-955-3777
팩스 031-955-3778
블로그 blog.naver.com/willbooks **포스트** post.naver.com/willbooks
트위터 @onwillbooks **인스타그램** @willbook_pub

ISBN 979-11-5581-222-8(03810) (CIP제어번호: CIP2019017953)